LA SAVOIE

POÉSIES

PAR

CONSTANT BERLIOZ

PRIX : 75 CENTIMES

ANNECY

A. L'HOSTE, LIBRAIRE-ÉDITEUR

PLACE NOTRE-DAME

1880

LA SAVOIE

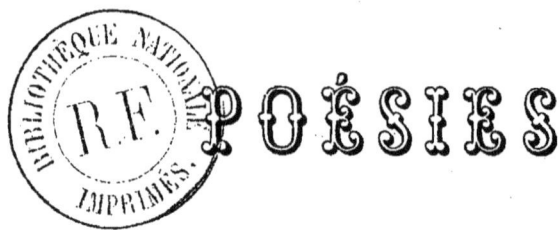

POÉSIES

PAR

CONSTANT BERLIOZ

PRIX : 75 CENTIMES

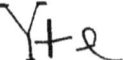
ANNECY
A. L'HOSTE, LIBRAIRE-ÉDITEUR
PLACE NOTRE-DAME

1880

Annecy, imprimerie Robert. — Hérisson & Cie succes.

SAVOYARD

‹ J'ai l'honneur d'être Savoyard. ›
(Comte DE GRENAUD.)

Dans la Savoie, où je naquis,
Sont d'écumeux torrents, ces veines des montagnes.
Dans ma Savoie, en outre, il est des paradis,
Des lacs chers au rêveur, de riantes campagnes.
Les ramoneurs, dit-on, croissent aussi par là.
L'aigle est sur les rochers, le cygne est sur les ondes,
Les raisins sont bien doux et les moissons bien blondes,
    En Savoie; — aimez-vous cela ?

    Là-haut, les neiges éternelles ;
Plus bas, les noirs sapins abritant le chalet ;
Les pâtres, les chamois, l'herbe et les fleurs nouvelles ;
Puis, les calmes vallons ; — croyez-vous cela laid ?
Ensuite, au premier plan, les coteaux et la plaine,
La haie où la brebis a perdu de sa laine ;
La marmotte, dit-on, et les cuillers de buis ;
    On trouve ça dans mon pays.

    Je suis du pays que le Rhône
    Borne de son flot tourmenté,
    Des lieux où la neige couronne
    Du Mont-Blanc l'âpre majesté ;
    Où dans les bois, vierges, sauvages,
    Circule un vent de liberté ;
    Où le rocher des verts rivages
    Se mire aux lacs avec fierté.
    Mon pays n'a pas de ces plaines
    Qui se déroulent vaguement
    Au baiser de molles haleines,
    Il n'a pas de cours d'eau dormant ;
    Ses gorges de bruits sourds sont pleines,
    De la tempête il est l'amant !

LA SOURCE

« Veux-tu bien rester avec nous? »
Disaient les rochers à la source.
« Nous te donnons de beaux cailloux
« Dont tu t'amuses dans ta course.
« Tu bondis partout où tu veux,
« Sans que nous trouvions à redire.
« La grotte accepte tes aveux :
« Ne l'entends-tu pas qui soupire?

« Chez nous, aux rayons du soleil,
« L'écume qui t'argente est pure ;
« Aucun murmure n'est pareil
« A ton sauvage et frais murmure.
« Chez nous, vierge de tout limon,
« Ton flot est l'astre à son aurore
« Et la rose dans son bouton :
« Ah! ne te presse point d'éclore.

« Ailleurs, le cristal de ton eau,
« Hélas! se ternira bien vite.
« Tu deviendras fleuve, ô ruisseau!
« Puis, la blanche robe d'ermite
« Que le bon Dieu te prête ici,
« Tu la regretteras, pauvre ange,
« Quand les cités t'auront noirci
« Et rendu grand, mais plein de fange. »

— Or, la source n'écouta pas.
Elle se traîna, vagabonde,
Livrant son sein à chaque pas,
Fille publique, à tout le monde.
On l'enferma dans un canal,
Et depuis longtemps elle pleure
Entre ses quais le roc natal.
— Montagnards, la ville est un leurre!

LA PIERRE DES FÉES

Sur votre pierre, chère au pâtre,
Pourquoi donc ne venez-vous plus
Danser une ronde folâtre
Avec des satyres barbus?

Êtes-vous mortes, blanches fées,
Ou sous la roche dormez-vous?
De vous l'on cause, les veillées,
Quand dans le bois hurlent les loups.

On dit qu'au bord le plus sauvage,
Vers la rivière qui gémit,
Sur la pierre, pendant l'orage,
On vous voyait parfois la nuit ;

Que, pareilles à des sirènes,
Vous chantiez aussi par moment,
Et que des essaims de phalènes
Vous suivaient amoureusement.

Vous sommeillez, j'ose le croire,
Pour vous éveiller à Noël,
Lorsque l'ombre sera bien noire
Et bien rayonnant chaque autel.

Et l'enfance, toujours naïve,
Regardera, le lendemain,
De vos pieds la trace furtive
Sur la neige près du chemin.

ANDRÉ DE MONTFORT
GENTILHOMME RUMILLIEN

Les chevaliers français criaient : « A la rescousse ! »
François premier donnait la main à Barberousse,
Les lis des rois chrétiens s'unissaient au croissant !
Deux cents voiles formaient un mi-cercle puissant
Devant Nice, fidèle à Charles de Savoie.
A l'héraut orgueilleux que Barberousse envoie,
De Montfort, gouverneur de la vieille cité,
Par ces mots, bien connus, répond avec fierté :
« Je me nomme Montfort, tenir est ma devise. »
Soudain mille boulets sur la ville insoumise
Sont lancés, et ses murs croulent de toutes parts.
Quand les murs sont tombés, les cœurs sont les remparts.
Et quarante-sept jours durant, la canonnade
Ne cessa de gronder, de terre et de la rade.
Nice en cendres riait du long bombardement,
Car on savait mourir parfois gaillardement.

Un jour le gouverneur commande une sortie,
Que les assiégés appelaient de leurs vœux.
Un contre vingt, on marche à l'armée ennemie.
La victoire s'attache à de Montfort fougueux :
Il frappe à droite, à gauche, et d'estoc et de taille ;
« SAVOIE ! » est le défi qu'il jette en combattant.
Les Français et les Turcs fauchés dans la bataille
Maudissaient de Montfort, qui semblait un Titan.
Il fallut renoncer à prendre cette place,
Regagner les vaisseaux avec la rage au cœur.
Un petit gentilhomme et Savoyard de race
Du grand François premier restait par là vainqueur.
Nice fut, il est vrai, nue et démantelée ;
Mais l'histoire lui prête un rayonnant manteau.
— Honneur à de Montfort, enfant d'une vallée
Où, pour le sol natal, lutter fut toujours beau !

LE BUCHERON DES ALPES

Sur ma montagne, que décore
Tout l'or des cieux, quand l'aube naît,
J'aime du vent l'aile sonore
Secouant les pieds de genêt.

J'aime l'escarpement sauvage
Où les chamois font leur moisson,
Le ravin qu'un torrent ravage,
Le bois où se perd ma chanson.

Le seul bruit qui, de la vallée,
Monte à ces hauteurs par moment,
C'est d'une cloche désolée
Le glas qui tinte lentement,

Ou son carillon qui rappelle
Les forts laboureurs au saint lieu.
— Alors, sur le roc, ma chapelle,
Je m'agenouille, invoquant Dieu.

J'aime la glace, au front d'albâtre,
Étalant son corset d'acier ;
J'aime la flamme qui folâtre,
Au chant du grillon casanier.

Et du lichen, dans les clairières,
J'aime l'odeur, aux jours d'été ;
J'aime la fleur près des glacières,
J'aime surtout ma liberté.

De l'urne de la grotte obscure
Je vois jaillir le ruisseau clair ;
J'entends, de chaque créature,
Un hymne s'élever dans l'air.

Pauvre toujours que Dieu me laisse !
Il est si doux d'être ignoré !...
Le regard des hommes me blesse :
Tel j'ai vécu, tel je mourrai.

O riche ! votre cave est pleine
De vins, et de fruits vos paniers ;
La brebis vous offre sa laine,
Et le froment rompt vos greniers.

Cent bras vous servent. — Que m'importe ?
Ayant le hêtre et le sapin,
Je n'irai pas à votre porte,
Avili, mendier mon pain.

La cognée est mon héritage.
Si je ne goûte vos plaisirs,
Je ne reçus, pour mon partage,
Ni vos chaînes, ni vos désirs.

Aux rocs bénis de ma Savoie,
Par la paix élus pour séjour,
Dieu, comme à vos plaines, envoie
Son bon soleil, foyer du jour.

Loin des enivrements profanes,
Je travaille et reste inconnu.
La mousse couvre les cabanes,
Mon cœur est transparent et nu.

Ces troncs noueux qu'ont vus nos pères,
Sont notre image, ô bûcherons !
L'aveugle au sein des biens prospères,
L'arbre et nous tous, nous tomberons.

Dans l'épaisseur silencieuse
Que nos haches font résonner,
Conservons notre foi pieuse,
Que nul n'a pu déraciner.

Ce que nous coupons, la nature,
Nous le donnant, le reproduit.
Mais ce qu'arrache l'imposture,
Dans l'âme est à jamais détruit.

PIERRETTE ET JEAN

Elle est courte, mais elle est bonne,
L'historiette que voici :

Jean le bouvier — Dieu lui pardonne !
Buvait, jurait, aimait aussi.
Il vous aimait, folle Pierrette !
Quand vous alliez à l'eau, le soir,
Ses lèvres vous contaient fleurette,
Son âme s'ouvrait à l'espoir.

Elle est courte, mais elle est bonne,
L'historiette que voici :

Pierrette, agaçante et mignonne,
Disait à Jean : « T'es mon chéri. »
Vous mentiez, petite bavarde !
Votre cœur s'était envolé
Non point vers Jean — que Dieu le garde !
Mais vers le neveu du curé.

Elle est courte, mais elle est bonne,
L'historiette que voici :

Leur village, assis près du Rhône,
Récolte la grappe et l'épi,
Les pressoirs sont voisins des granges,
Champs et vignes sont bout à bout :
Or, cette année, après vendanges,
Jean n'a rien labouré du tout.....

Elle est courte, mais elle est bonne,
L'historiette que voici :

Un matin, on vit à la tonne
Jean boire comme un sans-souci.
— « A la santé de ma friponne ! »

Fit-il en s'éloignant de là.
Puis, à l'heure où l'*Angelus* sonne,
Le soir, pauvre Jean se noya.

Elle est courte, mais elle est bonne,
L'historiette que voilà.

LE GÉNIE ALPESTRE

Je suis l'être invisible, immortel et divin
Qui plane nuit et jour sur les grandes montagnes.
Jamais la Liberté ne me réclame en vain,
Quand l'oppresseur puissant l'exile des campagnes.

C'est moi qui conduisis -- l'histoire vous l'apprend --
Moitié nu, fer au poing, fougueux comme un torrent,
Contre les fiers Césars l'indomptable Allobroge.

C'est moi que le petit Savoyard interroge
Avant d'abandonner sa mère, son amour ;
C'est moi qui le premier lui souris au retour.

Couvert de mon armure aux neiges éternelles,
Je suis le gardien du suprême sommet.
D'étincelants glaciers composent mes prunelles,
Mon glaive a les éclairs que l'avalanche met.

C'est moi qui pleure avec ceux qui pleurent leur mère,
Ceux qui sur la terre étrangère
Gémissent dans l'obscurité,
Les pâtres qui n'ont plus mes roches pour demeure,
Ceux que bannit la pauvreté,
Emigrants au cœur attristé
Que dévore la mer et qu'ici nul ne pleure.

Là-haut, ce que l'on croit être la voix du vent,
A travers les sapins ce qui hurle ou soupire,
Ce que dans la tempête ou l'azur on entend,
C'est ma voix à qui Dieu dit ce qu'elle doit dire.

> O pâtres, en elle ayez foi !
> Je pense à ceux que l'on oublie
> Et qui tournent les yeux vers moi ;
> Des Alpes je suis le Génie,
> Les aigles me nomment leur Roi ;
> Chalet riant, folle bergère,
> M'appellent Sylphe tutélaire.

Je suis l'espoir de tous, je suis le souvenir.
De moi dire : « Il est mort » est un grossier mensonge :
Je sommeille parfois, je ne saurais périr.
Montagnards, quand je dors, c'est à vous que je songe !

Je suis l'être invisible, immortel et divin
Qui plane nuit et jour sur les grandes montagnes.
Quand l'oppresseur puissant l'exile des campagnes,
Jamais la Liberté ne me réclame en vain.

LA NEIGE ET LE VIEILLARD

Nous l'aimions ce vieillard qui contait mainte histoire ;
Comme un frémissement du vent parmi les blés,
Un souffle circulait à travers l'auditoire,
Quand il disait naguère aux *jeunes* rassemblés :

« J'ai vu bien des avrils secouer bien des branches
« D'où neigeaient au soleil des flocons odorants.
« J'ai vu les gazons verts étoilés de fleurs blanches.
« La nuit était petite et les jours étaient grands.

« Puis l'automne accourait, les mains pleines de givre,
« Ciselant l'arabesque aux rameaux dépouillés.
« Chers enfants, la nature est un immense livre ;
« Ses feuillets, de mes pleurs, furent souvent mouillés.

« En elle, le parfum à l'épine s'ajoute,
« L'ombre s'ajoute à l'astre et l'orage à l'azur ;
« Si bien, qu'en avançant indécis sur la route,
« On se demande : Où donc l'immuable et le sûr ?

« J'ai vu bien des hivers amonceler leurs neiges
« Et couvrir nos foyers de leur épais manteau.
« Alors du firmament, peuplé de noirs cortéges,
« Dieu, pour nous éprouver, retire son flambeau.

« J'ai vu de forts sapins rompus sous l'avalanche,
« Et la rapide Isère entraînant leurs tronçons.
« J'ai vu la plaine blanche et la montagne blanche,
« Et Noël tout frileux retournant les tisons.

« Le pauvre suppliait de sa voix enrhumée.
« Parfois on était bon ; parfois, cruel oubli,
« Les maisons et les cœurs restaient porte fermée :
« Si la glace était dure, on était dur aussi.

« Or, je sens maintenant la neige des années
« Qui pèse, et de quel poids ! — argentant mes cheveux.
« Du printemps renaîtront bientôt les fleurs fanées,
« Les neiges du chemin fondront aux premiers feux ;

« La neige des ans seule, ainsi qu'un diadème
« Qu'on emporte avec soi dans le monde inconnu,
« Au front s'attache encor, quand paraît la Mort blême.
« Ah ! fondre cette neige, aucun feu ne l'a pu. »

Nous aimions ce vieillard qui contait mainte histoire ;
Telle qu'un frôlement du vent parmi les blés,
Sa parole passait à travers l'auditoire.
— Il dort sous les cyprès par la bise ébranlés.

Tandis que nous allons, le vieillard se repose :
Il dort, vous savez bien, de ce profond sommeil
Où l'on a la paupière éternellement close,
Où ne sonnent jamais les heures du réveil.

L'ÉGLISE NEUVE DE SEVRIER

C'est un temple gothique aux cintres élancés,
    L'église où nous entrâmes,
Un jour qu'on entendait, sur les flots apaisés,
    La cadence des rames.

Nous dîmes en voyant la pierre de Seyssel
    Luire en rosaces blanches :
« Les générations viendront à cet autel
    « Prier Dieu les dimanches.

« Et là, dans ces trois nefs, semblables à trois sœurs
    « Dont la grande est austère,
« Méditeront parfois des hommes, des penseurs,
    « Sur ton néant, ô terre !

« Sous cette triple voûte où le hardi sculpteur
    « Fait courir des nervures,
« Autour des chapiteaux, aux vitraux fins du chœur,
    « Voleront des voix pures.

« Ces monolithes noirs, marbre de Chambéry,
    « Ciselés en colonnes,
« Donneront la paix sainte, offriront un abri
    « Aux plus pauvres personnes.

« A la chute du jour, on sentira vraiment
    « Dans la tribune sombre
« Passer comme un esprit fugitif et charmant
    « Qui vous frôle dans l'ombre.

« Combien il comptera de fêtes et de deuils,
    « Ce palais des campagnes !
« Les pieds et les genoux en useront les seuils
    « De granit des montagnes.

« Dans sa tour dentelée, où le ciel sourira
　　　« Aux timides colombes,
« Sur vous l'airain bénit chantera, pleurera,
　　　« Doux berceaux, froides tombes!

« Ah! la cloche sait bien, elle qui vit longtemps
　　　« Dans sa cage de pierre,
« Que les fonts baptismaux ne sont point si distants
　　　« Des croix du cimetière! »

LE ROCHER

Je suis l'enfant de la montagne;
Mes pieds profonds fouillent le sol.
L'aigle, terreur de la campagne,
L'aigle, d'ici, fier prend son vol.
Les peuples lointains de la plaine
Dirigent leur regard vers moi,
L'enfant qui balbutie à peine
Me montre à sa mère du doigt.

Je vois se parer la nature
A l'approche d'avril joyeux,
Je vois couler la source pure
Que jettent mes flancs écumeux.
Je suis la cime inébranlable
Où se brisent les flots du vent;
La foudre, au monde inexplicable,
Y gronde un nom, l'écrit souvent.

Je porte une chose bien douce,
Un souvenir à tous bien cher :
Ta croix, Jésus! — C'est, dans la mousse,
Mon diadème où luit l'éclair.

Je vois la feuille aux vents d'automne
Trembler, disant : « Je vais jaunir. »
Puis je la vois qui tourbillonne,
Alors j'entends l'hiver venir.

J'aime la neige, vierge blanche,
Qui pend des guirlandes aux bois ;
C'est moi qui crie à l'avalanche :
— Roule aux chaumes des villageois !
J'aime la neige immaculée
Que jamais ne souille aucun pas,
Robe de diamants constellée
Qui brille mais ne se vend pas !

A moi les faveurs de l'aurore !
J'ai le premier ses feux coquets ;
Le soir, au crépuscule encore,
A moi le dernier des reflets !
Mon front touche presque l'étoile ;
Nous conversons la nuit tout bas.
Quand l'astre se couvre d'un voile,
Ce voile aussi, ne l'ai-je pas ?

Quel est l'orgueil de la vallée,
Si ce n'est le rocher géant ?
Je suis l'éternel mausolée
De tout ce qui vit un instant.
Je suis celui que rien ne change.
Rempart du chamois effaré,
Aux ravins je laisse la fange,
Je garde le cristal sacré.

Où trouver un refuge, ô pâtre !
Quand l'orage éclate soudain,
Sinon sous ma voûte grisâtre
Qui résonne d'un bruit sans fin ?
La goutte y tombe monotone,
Et toujours l'écho lui répond.
Cet abri sûr, je te le donne ;
Nul être n'en connaît le fond.

L'âpre sentier que ton pied trace
Parmi mes buissons rocailleux,
Moi j'en souris, moi je l'efface
Sous un torrent, lorsque je veux.
De la nature fils toi-même,
O montagnard! tu m'as compris :
Tous deux — voilà pourquoi je t'aime —
Nous aimons nos senteurs de buis.

Et tous deux nous n'avons qu'un Maître :
C'est Dieu! c'est Dieu, l'Immensité,
La Force qui nous a fait naître ;
C'est Dieu! l'Amour et la Bonté.
Ta noire et paisible chaumière
Dans les sapins où tu te plais,
Parce qu'elle est hospitalière,
Aux yeux divins vaut un palais.

Du ciel, merveilleuse coupole,
Je suis le pilier de granit ;
La nuée est l'encens qui vole ;
Le soleil, le flambeau qui luit.
Je suis l'enfant de la montagne,
Je protége les fiers aiglons :
Oiseaux! planez sur la campagne,
Je suis le roi de ces vallons.

LA COLLINE DE SALES [1]

Souvent je la revois, la colline de Sales,
    Dans quelque songe aux doux reflets.
Rumilly met au rang de ses riches vassales
    Cette fille de l'Albanais.

[1] On prétend que le nom de Sales dérive des Saliens qui s'y étaient établis. Les Saliens, prêtres institués par Numa, honoraient Mars par des danses, d'où est venu leur nom (a saliendo). Il existe à Sales un pré qui, de temps immémorial, s'appelle *Pré de la Danse*. Lire à cet égard l'*Histoire de Rumilly*, par M. F. Croisollet, savant modeste et vrai patriote, à qui nous empruntons ce renseignement.

Du fort de l'Annonciade elle porte avec grâce
    Les murs, vestiges glorieux
Où des guerriers tombés on retrouve la trace,
    Où s'illustrèrent nos aïeux.

Je la revois, la nuit, sortant de la pénombre
    Telle qu'un pur rayonnement ;
Ses ruisseaux de cristal et ses chemins sans nombre
    Serpentent agréablement.

Elle apparaît alors, fraîche, parée, assise
    Entre le Chéran et le Fier,
Souriant au soleil, à la nue, à la brise,
    Et de ses fleurs parfumant l'air.

Avec sa haute église et ses bonnes chaumières,
    Elle semble encor m'engager,
Disant : « Viens parcourir mes terres nourricières,
    « Mes verts bosquets chers au berger.

« Mes vignes sans renom, mais non pas sans mérite,
    « La gerbe à côté du pressoir,
« Le noyer près du chêne où plus d'un nid s'abrite,
    « Le divan de mousse où t'asseoir,

« Ces amis d'autrefois te sont restés fidèles,
    « Jamais la nature ne ment :
« Ils t'invitent, l'oiseau par son battement d'ailes,
    « Le bois par son calme charmant. »

— Comment, comment aller, quand le pied a des chaînes,
    Quand l'orage ne cesse pas,
Et quand la jalousie et les serpents, les haines,
    Bavent sur chacun de vos pas !

Je ne puis te revoir, ô colline de Sales,
    Que dans quelque songe béni
Etalant à mes yeux les campagnes natales
    Et mon printemps évanoui !

Autant que durera ma fragile existence,
    Je me souviendrai d'un matin :
J'avais, enfant pensif, gravi cette éminence
    Un jeudi maintenant lointain.

Mai riait. Les poiriers, achevant leur toilette,
    Poudraient de rose leurs cheveux.
C'était l'enivrement. La haie était coquette.
    Les buissons même étaient joyeux.

Et l'aurore jetait de l'or dans le feuillage,
    Le pinson sonnait le réveil,
Les champs étaient remplis d'un confus babillage,
    Hymne de l'insecte au soleil.

J'admirais la rosée éblouissante aux branches,
    Tantôt perle et tantôt saphir.
Sous la tunique étroite et serrée à mes hanches
    Sentant mon jeune cœur bondir,

Je levai mes regards ravis vers la lumière,
    Car à cet âge on a la foi,
Et dis : — Mon premier chant, mon extase dernière,
    O nature ! seront pour toi. —

Or, depuis ce beau jour, le torrent des années
    A fui, pauvre écolier rêveur,
Entraînant tes chansons avec les fleurs fanées !
    — Il reste... un souvenir au cœur.

LA NAIADE DU LAC

Au bas d'une vallée obscure
On m'a raconté qu'autrefois
Se fit entendre une voix pure
Qu disait aux échos des bois :

« Ecoutez, forêts et montagnes ;
« Ecoutez, rochers, mes enfants ;
« Vous, fontaines de ces campagnes,
« Et vous, écoutez, ô torrents !

« Et vous aussi, cascades blanches
« Qui jetez de la poudre d'eau ;
« Ecoutez, neiges, avalanches ;
« Vous allez former mon berceau.

« Rochers, ne laissez point d'issue
« Dans la profondeur du vallon :
« Que chaque source ici venue
« Trouve soudain une prison ! »

— La voix se tait, l'œuvre commence.
L'eau des torrents, l'eau des glaciers,
Roule et produit un bruit immense.
Le roc les garde prisonniers.

Le flot monte et puis monte encore,
La Naïade y met ses pieds nus.
Il monte si bien, qu'à l'aurore,
Le lendemain, le val n'est plus :

Un lac bleu-clair dort à sa place,
Depuis des siècles (c'est écrit).
On voit souvent à la surface
La Naïade qui nous sourit.

Même parfois dans la tempête,
Quand les vagues sont en fureur,
On entend chanter la coquette ;
Alors les bateliers ont peur.

Les joncs s'inclinent devant elle
Follettement dans les beaux jours,
L'oiseau l'effleure de son aile,
Car c'est la Dame des amours.

C'est elle qui suit la gondole
Où se livrent tant de baisers !
Amants, la Naïade est frivole....
Que vos serments soient moins légers !

MARS

———

Coteaux, rochers, bois chevelus,
Préparez-vous, voici l'aurore !
Plus de frimas, l'orient se dore,
L'hiver s'enfuit, l'hiver n'est plus.

Dans l'appartement de verdure
Que leur bâtira la nature
Les pinsons chanteront bientôt.
Des fleurs déjà parent la terre,
Déjà la forêt, moins austère,
Ecoute gazouiller le flot.

Tout bas les brises printanières
Soupirent chacune à son tour,
Et l'or nouveau des primevères
Enrichit notre cœur d'amour.

Des voix se croisent dans l'espace,
S'entredisant : « Place à LUI ! Place !
« Le voilà de retour ! »

C'est Mars ! Mars aux épaules vertes
Qui rit par dessus le vallon.
Demain les abeilles alertes
Dans leurs ruches grandes ouvertes,
Nommant leur reine, voteront.

Devançant la féconde abeille,
La solitude se réveille
Et dit que le soleil est bon.

C'est Mars ! non celui des armées,
Le dieu farouche des combats,
Mais celui des neiges aimées
Tombant des branches parfumées
Quand le zéphir les met à bas.

Déjà la nymphe parle aux chênes,
Déjà l'écho parle aux fontaines ;
La Naïade, sortant de l'eau,
Chante et suit le joyeux bateau.

Le lac invite les nacelles,
Dont les voiles semblent les ailes
De quelque fantastique oiseau.

Les bœufs, coursiers de nos montagnes,
Poussent des meuglements heureux,
Ils savent que dans les campagnes
Le printemps apprête pour eux
Des repas d'herbe plantureux.

Ils sentent le sauvage arome
Dont nos Alpes ont le secret :
Sitôt que Mars jette un reflet,
Là-haut la sapinière embaume
Le sentier qui mène au chalet.

D'un doux regard fouillant les plaines
La brebis aspire l'air pur ;
Le brouillard fait place à l'azur ;
L'âpre bise, aux tièdes haleines.

La mer de glace à l'étranger
Laissera voir ses vagues blanches,
La jeunesse dans le verger
Dansera sous les branches.

Coteaux, rochers, bois chevelus,
Préparez-vous, voici l'aurore !
Plus de frimas, l'orient se dore,
L'hiver s'enfuit, l'hiver n'est plus.

AU MONT-BLANC

Lorsque tout change autour de toi,
Quand l'arbre perd sa feuille et l'homme sa croyance,
Toi, géant impassible, image du silence,
Tu restes fort, esclave et roi.

Esclave de Dieu, notre maître,
Qui nous créa d'un souffle et qui nous peut briser;
Roi des monts: — par respect, ils semblent s'abaisser,
Et les collines disparaître.

Et quel trône a ta sûreté?
Pour ministres rampants n'as-tu pas les nuages?
Ton siége est immuable au-dessus des orages
Dans l'auguste sérénité.

Que vois-tu dans l'immense plaine,
A l'horizon du globe, à ses confins obscurs?
Partout le trouble amer, partout des vents impurs
Ayant la mort dans leur haleine.

Et tu vois le faible gémir,
Courbé péniblement sous le joug de son frère.
Mais regarde plus haut, tu verras, je l'espère,
L'aube d'un moins sombre avenir.

Salut, ô roi! Ton diadème,
Ta neige étincelante, a des brillants sans prix:
Ils ne se livrent pas, nul ne les a surpris
Corrompant. — Ceux-là, je les aime!

Et ton éternelle blancheur,
Aux rayons du couchant qu'elle est éblouissante!
Que d'éclat, que de feux, met l'aurore naissante
A ta couronne de splendeur!

Ta robe se conserve pure,
Quand la nôtre se tache, hélas! aux premiers jours.
Avec l'étoile d'or longues sont tes amours,
    Quand si souvent l'âme est parjure!

    Salut, rêveur majestueux,
Au milieu de ta cour, roi qui vis solitaire!
Dans ses grandeurs d'emprunt notre orgueilleuse terre
    Doit sembler mesquine à tes yeux.

    A ton oreille où tout s'efface
Expirent nos vains bruits. — Certes tu n'y perds pas.
Plus près du ciel que nous, n'écoute rien d'en-bas,
    Ecoute là-haut dans l'espace.

    L'aquilon qui vole glacé
Sur tes chauves sommets, sur tes crêtes désertes,
Est moins glacé parfois que nos âmes, couvertes
    De leur égoïsme insensé.

    Ton inertie est ta puissance.
Ah! ne sois point jaloux de la mer qui bondit,
Ah! ne sois point jaloux du saule qui frémit,
    Tu n'as ni rage ni souffrance.

    Règne, éternel silencieux!
La tempête à tes pieds haletante se traîne:
Rien ne saurait rider ta face âpre et sereine,
    Tant elle plonge au fond des cieux!

    Le chamois, l'aigle, ont le vertige
Quand flotte l'arc-en-ciel à tes hanches d'acier,
Comme un ruban que noue aux prismes du glacier
    La main qui sème le prodige.

    Règne! Les milliers de fleurons
Qui dès le premier âge ont hérissé ta cime
Orneront bien longtemps ta couronne sublime,
    Et nous tous, hommes, nous mourons.

LE SAVOYARD EXPATRIÉ

Je voudrais — c'est mon rêve et ma folle espérance —
Loin d'un murmure faux, loin d'un éclat trompeur,
Je voudrais pour toujours cacher mon existence :
Une voix me le dit, ce serait le bonheur.
Je voudrais habiter ma montagne natale,
Car la senteur des rocs m'enivre et me rend fier.
Ce sauvage parfum, j'ignore qui l'exhale ;
Est-ce la Liberté, qui plane là dans l'air ?

Je voudrais m'enfouir dans cette paix profonde,
M'égarer dans les bois, gravir les durs sommets,
Et, lorsque le soleil se lève sur le monde,
Admirer ce décor qui ne tarit jamais.
Si je redescendais un instant vers la plaine,
Je voudrais qu'on pût dire en me voyant passer :
« Voici le bûcheron que le froid nous ramène, »
Ou bien qu'on m'appelât l'Ermite du rocher.

Je sais une ruine écartée, inconnue,
Débris d'un haut manoir par la ronce envahi.
Alors que du repos l'heure sera venue,
Ces lieux au voyageur offriront un abri.
Là, si quelqu'un parlait des gloires de la terre,
Je dirais : Regardez ces pans de murs croulants :
Les châtelains sont morts, et puis, leçon sévère,
Leurs noms sont oubliés déjà depuis longtemps.

J'irai. Je pleure trop les ravines désertes,
Le glacier rayonnnant et le mélèze obscur,
Tes voûtes, ô castel ! à tous les vents ouvertes
Et les aiglons nichés dans les brèches du mur.
J'irai. L'air du berceau, Dieu veut qu'on le respire.
Moi j'aime les clameurs des torrents indomptés,
J'aime les monts géants : c'est devant eux qu'expire
Le bruit de ces prisons que l'on nomme cités.

O Savoie! ô ma mère! ô vallons que j'adore!
Alpes! Rhône fougueux! noirs sapins! lacs profonds!
Beautés que je connais, que l'étranger ignore,
A votre fils absent les jours semblent si longs!
Chacun de vos rochers est peint dans ma mémoire,
Chacun de vos échos retentit dans mon cœur.
Je songe à la cascade où le chevreau va boire,
Au vautour qui tournoie et fond de la hauteur.

Je me souviens de vous, ô campagnes fécondes
Dans lesquelles mon âme a laissé des lambeaux!
Et rêveur je contemple, auprès des moissons blondes,
La neige sur les pics, le raisin aux coteaux!
Dans mon exil amer, vieux pays allobroge,
Ah! je n'ai point perdu l'orgueil du montagnard.
Rougir des miens, jamais! A quiconque interroge
Je réponds dignement : Moi, je suis Savoyard.

Ce titre d'honneur qui, certes, en vaut un autre,
Au fond de ma poitrine une main l'a gravé.
Nul insolent éclat ne fait pâlir le vôtre,
Asiles vertueux où je fus élevé!
Cimes au front blanchi, bois, forêts séculaires,
Que de rayons éteints vous rallumez en moi!
En vous la patrie a d'immortels sanctuaires :
De prononcer leurs noms, la voix tremble d'émoi.

Vos enfants sont issus de cette forte race
Qui passe dans la ville avec de longs cheveux
Et des souliers ferrés dont rustique est la trace,
Mais qui va droit au but dès qu'elle a dit : « Je veux. »
L'homme de la montagne a des habits de bure,
Et la femme à son cou porte une croix d'argent ;
Leur sang est bien celui de cette race pure
Qui sur l'autel du Juste et du Vrai fit serment.

En vain de quelques sots l'invincible jactance
Prodigue aux Savoyards la bave de l'esprit :
Assise sur les rocs aux bornes de la France,
La Savoie est muette ; à peine si l'offense,
    O mère! arrive à tes pieds de granit.

Quant à ceux de tes fils qui bravent la tempête,
O mère toujours bonne ! à l'heure du retour,
Ouvrant tes bras parés comme pour une fête,
Couvrant ton sein de fleurs, redevenant coquette,
    Accueille-les avec amour.

LE BERGER DE LA BALME

Au premier régiment, brigade de Savoie,
Le sanglant Quarante-Huit enrôla ce berger.
Dans un étui de fer, son écrin et sa joie,
Depuis trente ans bientôt il garde son congé.

Il revint caporal dans nos montagnes libres.
Vêtu de sa capote aux lambeaux rapiécés,
De sa poitrine il sent frémir encor les fibres
Lorsqu'au village on bat la charge aux coups pressés.

Il est pâtre, il commande aux bœufs sur la colline
Ainsi qu'il commandait aux soldats autrefois.
Chèvres, vaches, moutons, faits à la discipline,
Aussi bien que les bœufs reconnaissent sa voix.

Il a pour subalterne un chien berger de race,
Eclaireur méfiant, habilement dressé,
Qui trompe le renard, tient tête au loup vorace
Et dans les durs combats mainte fois fut blessé.

Sitôt que l'ennemi fauve et sournois approche,
A pas précipités, l'homme à côté du chien,
L'un armé de ses dents, l'autre d'un bloc de roche,
Ils vont comme on allait jadis à l'Autrichien.

Le fil de ses galons est rongé par l'usure,
Mais il reste à ses bras ceux qu'y grava le fer,
Insignes qui du temps ne craignent point l'injure :
Les sabres des Hongrois les ont mis dans sa chair.

Prodigue de son sang, de mots il est avare.
Au penchant des rochers embaumés par le thym,
Il vous racontera l'affaire de Novare,
Et ses yeux brilleront, plongeant dans le lointain.

Pendant que son troupeau se repaît de lavande,
Il songe au sifflement des balles, aux chevaux,
Au vieux cri de SAVOIE! à la horde allemande,
A la noble croix blanche, aux drapeaux en lambeaux.

Il revoit Charles-Albert traversant les batailles
Et disant à Mollard : « Lancez vos Savoyards! »
Le chien fait sentinelle et fouille les broussailles,
Le vent agite seul les feuilles des fayards.

Voilà son existence. Il ne sait pas, cet homme,
Si le char de l'État roule bien aujourd'hui.
Mais si vous désirez une excellente tomme,
En passant par la Balme, adressez-vous à lui.

LA MONTAGNE

A son réveil,
Sais-tu ce que regarde avec amour le pâtre,
Le pauvre laboureur, des Alpes idolâtre?
Ce n'est pas l'aube d'or, ce n'est pas le soleil,
Ce n'est pas le grand bois, ce n'est pas la campagne....
Ce qu'il regarde à son réveil,
C'est sa montagne.

A son départ,
Sais-tu ce qui retient et sais-tu ce que pleure
Cet enfant que la faim chasse de sa demeure?
Connais-tu le secret du petit Savoyard?
La marmotte docile est sa seule compagne....
Ah! ce qu'il pleure à son départ,
C'est sa montagne.

A son retour,

Sais-tu ce que contemple, avide et l'âme émue,
L'enfant, riche de peu, qui chanta dans la rue ?
Ce n'est pas le clocher, ni la superbe tour
Où vivent des esprits du temps de Charlemagne....
Ce qu'il contemple à son retour,
C'est sa montagne.

Quand vient la mort,
Messagère de Dieu, fantôme aux bras de marbre,
Elle abat le vieillard comme le vent un arbre,
Et du vieillard on dit : « Notre père s'endort. »
Lui, sent bien le sommeil éternel qui le gagne....
Le lit qu'il veut, quand vient la mort,
C'est sa montagne.

LE FIER ET LE LAC D'ANNECY

Il disait : « Avec moi, vers les cités lointaines,
« Viens, beau lac aux flots bleus !
« Viens ! nous visiterons les vallons et les plaines
« En jouant tous les deux. »

Il disait : « Nous irons de l'océan immense
« Voir l'âpre majesté ;
« Tu n'es toi-même, ô lac ! tu le sais bien, je pense,
« Qu'une goutte à côté. »

Il disait : « Le Chéran, à nos eaux grossissantes,
« Offrira son tribut.
« Nous verrons d'autres lieux, des rives séduisantes.
« Ici, quel est ton but ? »

— « Mon but (reprit le lac) au pied de ces montagnes
« Est de dormir en paix ;
« Ma joie est de rester dans ces fraîches campagnes
« D'où tu fuis à jamais.

« Je veux que sur mes bords le jeune homme qui rêve
　　« Vienne à l'ombre s'asseoir;
« Je veux de songes purs semer pour lui ma grève,
　　« Du ciel être un miroir,

« Sur mes flots les plus doux balancer les nacelles
　　« Qui parlent au roseau.
« O Fier! porte au dehors tes vagues infidèles :
　　« Là sera leur tombeau.

« Le vieux Rhône t'attend, bouillonnante rivière,
　　« Dans son lit tout souillé!
« Fais route avec le fleuve : au bout de la carrière
　　« Est la mer sans pitié. »

AU MONTAGNARD DU DAUPHINÉ

LE MONTAGNARD DE LA SAVOIE

LA VEILLE DES ÉLECTIONS DU 14 OCTOBRE 1877.

Frère Allobroge, à toi, chasseur ou pâtre libre,
A toi qui sens toujours une corde qui vibre
　　Dans ton sein noble et belliqueux,
A toi, frère, salut! Ton air, je le respire;
Ton domaine est mon bien, les Alpes sont l'empire
　　Que nous partageons à nous deux.
Demain nous descendrons des sommités sereines,
Semblables aux torrents dont s'abreuvent les plaines
　　Aux jours torrides de l'été.
Demain est un grand jour. Que du Léman à Vienne,
Que des murs de Valence aux rocs de la Maurienne,
　　Tous votent pour la Liberté!

L'Isère aux flots pressés est fille de Savoie.
Elle est capricieuse, elle veut qu'on la voie
　　Parfois torrent, parfois ruisseau.

Dans son lit n'est-ce pas notre neige qui coule ?
N'allons-nous pas, l'été, tous deux loin de la foule,
    Nous désaltérer à cette eau ?
Nos cimes vont aux cieux, également altières.
Des bornes dans son vol, des confins, des barrières,
    L'aigle chez nous n'en connaît pas.
Pas de poteau placé vers nos gorges désertes :
Lorsque Dieu les ouvrit, il ne jeta point, certes,
    Des entraves devant nos pas.

Ah ! nous sommes les fils de cette race forte
Qui, moitié nue, osa défier la cohorte
    Et les fers du puissant Romain.
Or, ce qu'on fit jadis, sur les bords de l'Isère,
Sur les bords du Bourget, s'il le fallait, mon frère,
    Ne le ferait-on pas demain ?
La brise du couchant m'apporte ton haleine ;
Au front de mes glaciers brille une aube hautaine
    Chaque matin pour ton réveil.
Sous ton chaume et le mien, l'hiver, autour de l'âtre
On dit les mêmes chants dans le cercle folâtre,
    Avant le moment du sommeil.

Sur tes rochers a crû, parmi les avalanches,
Le chêne où l'on tailla quelques rustiques planches
    Pour le berceau du vrai Bayard.
Mais Bayard tout enfant courut dans mes campagnes,
Son jeune pied gravit mes plus rudes montagnes,
    Au flanc d'un prince savoyard.
Crois-moi, restons chez nous dans nos forêts antiques ;
Nous serions à l'étroit sous ces mesquins portiques
    Là-bas, bien bas, dans la cité.
Heureux et libre, on l'est ici, non dans la rue :
Le socle du Mont-Blanc est fait pour la statue
    De l'indomptable Liberté.

Vaillant frère Allobroge, aimons notre patrie !
Voguons sur nos beaux lacs à la rive fleurie,
    Presque aussi vastes que des mers ;

Poursuivons le chamois jusque dans sa demeure,
Auprès d'une cascade écoutons passer l'heure,
        Et surtout, frère, soyons fiers !
Demain nous descendrons des sommités sereines,
Semblables aux torrents dont s'abreuvent les plaines
        Aux jours torrides de l'été.
Demain est un grand jour. Que du Léman à Vienne,
Que des murs de Valence aux rocs de la Maurienne,
        Tous votent pour la Liberté !

LE BUCHERON ET LE FANTOME

A cette heure de nuit, qui frappe à ma chaumière ?
Le vent dans la forêt fait sonner son marteau.
Qui frappe ici ?
        — « C'est moi. »
                — Ton nom, pâle étrangère ?
— « L'épouse de l'hiver. La neige est mon manteau.
« Ouvre, j'ai froid. »
        — Non point : dans mon réduit de chaume
Tu ne dois pénétrer. Arrière ! au loin, fantôme !
— « Ouvre, j'en ai menti : de l'implacable hiver
« Je ne suis pas l'épouse. Ah ! je suis la Fortune.
« Je demande une place autour du foyer clair.
« Regarde, j'ai de l'or ! »
        — Cherche ailleurs, importune !
Ma cognée et mes fils pour moi sont un trésor
Qui ne salit jamais les doigts comme ton or.
Va-t'en !
        — « Puisqu'à l'hiver on n'ouvre point la porte
« Et puisqu'à la Fortune on fait mauvais accueil,
« Je suis la Charité, sais-tu ce que j'apporte ?
« Un nouveau-né... sans mère. »
        — Alors, franchis le seuil,

Entre avec cet enfant que le Ciel nous envoie,
Que des bras criminels ont mis sur ton chemin.
Il ne sera pas dit que le sol de Savoie
Laisse un abandonné périr de froid, de faim.
Je le prends pour mon fils, il n'est plus orphelin.

LA CHAUTAGNE

La Chautagne ! connaissez-vous
    Pays plus doux ?
Verte prairie au bord du Rhône,
Coteaux que la vigne couronne,
Bons celliers à l'abri du vent !
Bacchus y sourit à Pomone ;
Aussi, l'on banquette souvent
Dans cet Eden au bord du Rhône.
    Connaissez-vous,
En vérité, pays plus doux ?

Elle est au bas d'une montagne,
    Notre Chautagne.
On y voit naître, en plein soleil,
La fleur, mère du fruit vermeil :
La pêche, la figue, l'amande,
Le divin muscat sans pareil,
S'offrent à la bouche gourmande
De toutes parts, en plein soleil,
    Dans la Chautagne,
Assise au bas d'une montagne.

En vérité, connaissez-vous
    Pays plus doux ?
Au pied des ceps, la vigneronne,
Serpette en main, beauté luronne,

Chantant l'amour, coupe un sarment.
Les baisers que sa lèvre donne,
Plus que le vin, grisent l'amant.
Oh! charmante rive du Rhône!
    Connaissez-vous,
En vérité, pays plus doux?

LE BOURGET

Je suis le lac d'azur, nul orage ne voile
Mon pur éclat, car Dieu m'inonda de rayons.
C'est bien dans mon cristal, palais des alcyons,
Qu'éclot le rêve, alors que se mire l'étoile.

Moi qui de Lamartine écoutai le soupir,
Moi son premier amour et son dernier peut-être,
J'ai gardé sur ma grève un piédestal où mettre
Sa statue : un rocher où mes flots vont mourir.

Sa place est là, tout près du roseau qui frissonne.
Là, dans les soirs d'été, quand l'esquif d'un amant
Vers l'abri du grand socle errera doucement,
Elvire encor dira : « *Voici l'heure qui sonne!*

« *Voici l'heure d'aimer! Enfants, soyez heureux!*
« *J'ai tracé comme vous ces blancs sillons de l'onde;*
« *Et quand même je dors dans ma couche profonde,*
« *Il me plaît de revoir les couples amoureux.* »

— Le soleil est riant plus qu'ailleurs sur ma rive.
La place du poète est là, bien plus qu'ailleurs.
Aussi l'ombre, est meilleure ; et je comprends les pleurs
Que l'infortuné verse à ma vague plaintive.

Où donc voudriez-vous, pour ce marbre béni,
Chercher un piédestal ? loin d'ici ? dans la rue ?
Non, non ! C'est sur mes bords qu'il attend sa statue,
Lamartine, et là seul : car son cœur est ici.

LUEURS DU SOIR

Accours, la nuit est belle,
L'air est silencieux
Et comme ta prunelle
L'étoile brille aux cieux.
Emporte ta mantille,
D'Aix fuyons la rumeur :
Plus d'un regard scintille,
Jaloux de mon bonheur.
Viens, viens, ô jeune fille !
D'Aix fuyons la rumeur.

La lune semble immense
Au bout de l'horizon,
A sa douce romance
L'oiseau mêle ton nom.
Emporte ta mantille,
Sortons de la cité :
Plus d'un regard scintille
Devant ta royauté.
Viens, viens, ô jeune fille !
Sortons de la cité.

Dans nos prés le zéphire
Baise la fleur qui dort :
Ce que je n'ose dire,
Tu le verras, fleur d'or !

Emporte ta mantille
Loin des tristes maisons :
Plus d'un regard scintille
Quand, joyeux, nous passons.
Viens, viens, ô jeune fille !
Loin des tristes maisons.

Le lac, ô ma colombe !
Soupire, et les roseaux
Là-bas, près Hautecombe,
Frémissent sur les eaux.
Emporte ta mantille,
Ici pourquoi rester ?
Plus d'un regard scintille,
Mais nul ne sait aimer.
Viens, viens, ô jeune fille !
Moi je saurai t'aimer.

JEAN-PIERRE VEYRAT

De la belle Savoie enfant et doux poète,
Il vida jusqu'au fond la coupe de l'exil.
La foudre à coups pressés éclata sur sa tête
Sans rompre de son front le sévère profil.

J'aime de ce banni la course vagabonde
Et j'adore ses vers pleins d'orage et de pleurs.
Apôtre aux lèvres d'or, il n'est plus de ce monde :
Dès longtemps sur sa tombe avril sème des fleurs.

Il chanta le regret de la patrie absente,
Son vieux père laissé presque seul au foyer,
Le chien qui l'appelait à la brune naissante,
Alors qu'il s'égarait sous le ciel étranger.

Il peignit les vallons de sa chère Savoie,
Les vagues de l'Isère et les rocs de granit,
Les sapins qui font ombre aux deux bords de la voie,
Les chalets et la main de Dieu qui les bénit.

Il redit les amours de sa verte jeunesse,
La vierge au pur sourire et le bosquet charmant :
Biens qu'aucun ne remplace, et, dans la nuit épaisse,
Biens qu'on cherche plus tard tristement, vainement.

On entendit ses chants sur la terre de France
Comme on entend l'écho gémir au fond des bois.
Il eut pour l'inspirer l'ange de la souffrance,
Et sa lyre de bronze avait d'augustes voix.

Car l'amour, la douleur, sont au cœur des poètes
Ce qu'au chêne nerveux par le temps respecté
Sont la brise suave et les dures tempêtes,
Sur la montagne où fuit le torrent indompté.

O Veyrat ! ta parole attendrit jusqu'aux larmes.
Pareille à la rosée, elle ravive tout.
Et du pays natal quand tu décris les charmes,
Ton lecteur est tenté de plier le genou.

L'AVALANCHE

Sœur du torrent et de la foudre,
Messagère de la terreur,
Je suis de fer, je suis de poudre,
Le chêne cède à ma fureur.

Je suis la rapide avalanche,
Les Alpes sont ma proie et je me plais ici,
Eternellement belle, éternellement blanche,
Immaculée et forte aussi.

Savez-vous un frein qui m'arrête ?
Savez-vous, dans la plaine, un lis si blanc que moi ?
Que la montagne parle, et soudain je suis prête
    Et je roule, semant l'effroi.

    Une forge était dans la gorge
Là-bas ; elle riait comme une brune enfant.
La chanson, le travail, sonnant dans cette forge,
    Formaient un duo triomphant.

    Le feu ruisselait de l'enclume
Lorsque le maréchal abattait son marteau.
Or, un matin, à l'heure où le foyer s'allume,
    J'ai tout recouvert d'un manteau.

    Etouffés sous ma nappe blanche,
Enclume et maréchal depuis sont disparus.
Si vous interrogez la rapide avalanche,
    Elle répond : Ils ne sont plus.

    Je suis la lave impétueuse
Que nul coursier n'égale et dont l'aigle a tremblé.
La bise me soulève et son aile nerveuse
    M'emporte comme un grain de blé.

    Ainsi que la tempête ardente
    Qui du navire se fait jeu,
    Je rayonne dans la tourmente,
    Glaive d'un archange de feu.

LOUIS XIII ET RUMILLY

(1630)

Or donc, au mois de mai, les Français et leur roi,
Eprouvant le besoin de faire une conquête,
Au nombre de vingt mille, avec fifres en tête,

Tambours battant, morbleu, partirent pleins de foi;
On eût cru qu'ils volaient plutôt à quelque fête.

Une petite ville — une bourgade, quoi!
Du nom de Rumilly, seule osa sur leur route
Résister. La bourgade était folle sans doute :
Résister aux Français, faut-il être importun!
De braves Savoyards c'était une poignée,
A lutter résolue, à mourir résignée,
S'obstinant à ne pas subir le sort commun.

Au bas mot, les vainqueurs étaient trente contre un.

— « Rendez-vous, et *presto!* » dit le parlementaire,
Qui pensait par l'adverbe italien briller.
« Notre prince Louis est maître de la terre,
« Et notre maréchal s'appelle du Hallier.
« Rendez-vous, Savoyards! » criait le chevalier,
En joignant au message un accent d'ironie.

Eux répliquaient : « Se rendre est une félonie.
« Nos femmes, nos enfants, loin d'implorer pardon,
« Quand nous serons tombés, vous diront encor : Non! »

— « Chaque place à l'entour s'est bien vite rendue. »
Leur ripostait l'héraut. « Et pour preuve, Annecy,
« Chambéry. Pourquoi donc ne pas céder aussi?
« A quoi bon tant d'orgueil, pauvre ville perdue,
« Puisque la capitale en tremblant s'est rendue! »

— « Et quand-même! (*Et quopoué!*) Combattre est un devoir. »
Telle fut simplement la phrase répondue;
Et l'on se défendit, armé du désespoir.

Aujourd'hui six ulhans s'emparent d'une ville.
On peut rimer cela d'une façon civile.

Si vous passez par là, voyageur, allez voir
Les ruines des murs, la cité du *quand-même?*
Vous mettant en contact d'un bon buveur, un soir,
Faites-vous raconter l'entêtement suprême
De ces hommes de fer, fameux sans le savoir.

ENFANTS DES ALPES

Je les voyais passer, nu-pieds et tête nue,
  Néanmoins toujours souriant,
Marchant droit devant eux sur la route inconnue,
  Ayant l'espoir pour orient.

Je les voyais passer, quittant notre Savoie,
  Ces pauvres enfants sans abris ;
De leurs frères aînés ils ont suivi la voie,
  Ils sont maintenant à Paris.

Ils cheminaient par deux, fuyant les avalanches,
  Emportant leur petit paquet :
Ils mangent aujourd'hui, de leurs belles dents blanches,
  Le pain qui chez nous leur manquait.

Même à Paris, hélas! quelquefois il leur manque,
  Ce précieux morceau de pain !
La misère s'assied aux portes de la Banque,
  A Paris même on meurt de faim.

Quelquefois, au milieu d'hommes au dur visage
  Et dont le cœur ne bat jamais,
Le petit Savoyard regrette son village
  Et pleure ses rochers aimés.

LA COMPAGNIE D'ESPÉRANCE
RUMILLY (1848-1855)
A NOTRE CAPITAINE, M. FABIEN GOUVERNON.

Nous étions quinze, armés de vrais fusils... de bois.
Quant à la baïonnette, éclatante et pointue,
  Le ferblantier du coin de rue
  Nous la vendait huit sous, je crois.

Sur notre drapeau vert on lisait la devise :
« MATURAT LIBERTAS ! » — Du latin le plus pur.
La Liberté rend l'enfant mûr !
En lettres d'or elle était mise.

Comme nous défilions fiers au son du tambour !
Comme nous attaquions une armée invisible,
En prenant les arbres pour cible !
Quelle victoire chaque jour !
Quand notre capitaine avait tiré son sabre,
Lorsque sa voix tonnait : « Garde à vous, peloton ! »
Il semblait un Napoléon
Ou plutôt un brigand calabre.

Le plus vieux d'entre nous comptait dix-sept printemps.
Six étaient grenadiers ; étaient voltigeurs, quatre ;
Dès qu'il s'agissait de se battre,
Nous paraissions tous vétérans.
Notre porte-drapeau, le premier à la charge,
Parvenait glorieux au sommet du rempart ;
Il y plantait son étendard,
Et la garde criait : « Au large ! »

Souffle ardent de jeunesse, ô courage, ô vertu !
Beaux élans de la foi, jours de noble folie !
Amour sacré de la patrie !
O soleil ! qu'es-tu devenu ?
Nul des quinze enfants ne t'oublie,
Hormis ceux qui font le sommeil
Morne, lugubre, sans réveil,
Dans l'obscure et froide demeure,
Excepté ceux que mon cœur pleure.

Forêts de l'Albanais, vieux chênes aux longs bras,
N'avez-vous point gardé, dites, sous vos ramures
Qui l'automne ont un bruit d'armures,
Un faible écho de nos combats ?
Non ! Les rayons du cœur, les éclairs de l'épée,
Comme un voleur nocturne, ah ! le temps a tout pris,
Il reste à peine les débris
De cette guerrière épopée.

Le bois où nous allions est toujours parfumé
De ses plantes aromatiques ;
Les branches des ormeaux font toujours des portiques,
Quand passe le roi des mois, Mai.
Nous seuls ne sommes plus les fils de l'Espérance,
Les écoliers au front joyeux.
Plus de chansons, plus de vaillance,
Plus d'adorable insouciance,
Et parfois à l'écart nous essuyons nos yeux.

LE VIN DE CHAUTAGNE

Le jus de la treille étant sain,
(Ce principe est incontestable)
Au lit reste peu, reste à table,
Quoi qu'en dise ton médecin.
Si la souffrance est ta compagne,
D'Hippocrate bravant les lois,
Jette les remèdes et bois
Un pot de vieux vin de Chautagne.

Mais, ayant la santé du corps,
Si c'est de l'âme que tu souffres,
Si pour toi la vie a des gouffres,
Si tes jeunes espoirs sont morts,
Ne t'adresse pas au Champagne
Lorsque ton âme est aux abois,
Et moins encore au Bordeaux, bois
Deux pots de vieux vin de Chautagne.

Si tu te sens malade, ami,
Et dans ton corps et dans ton âme,
Si, par hasard, même ta femme
Pour comble de maux t'a trahi,

Bâtis des châteaux en Espagne,
Oublie, — il le faut quelquefois —
Et pour cela, ventrebleu, bois
Trois pots de vieux vin de Chautagne.

LA CHANSON DU PETIT SAVOYARD

En janvier, à Chamonix,
De gens pauvres je naquis
    Sous le chaume.
Sitôt que papa m'eut vu,
Il dit : « Sois le bienvenu,
    « Petit homme !
« Quand tu seras grand, ma foi,
« Tu t'en iras comme moi
« Devant le palais du roi
    « Danser la gavotte,
« Montrer la marmotte qui saute. »

Le dur hiver jusqu'à nous
Poussait d'un souffle jaloux
    L'avalanche,
Le vent venait me bercer,
Le froid venait caresser
    Ma peau blanche.
Dans la fente du vieux mur,
Qui lui servait d'abri sûr,
Blottie en un coin obscur,
    Dormait la marmotte,
Dormait la marmotte qui saute.

Au soleil de Chamonix,
Vite pourtant je grandis
    Sur la roche.

Mon père me dit un jour :
« De t'en aller faire un tour
« L'heure approche.
« Tu sais nos chants les plus beaux,
« N'as-tu pas ta vielle au dos,
« A tes pieds de fins sabots ?
« Danse la gavotte,
« Fais voir la marmotte qui saute. »

Mon sac au bout d'un bâton,
Du village je pars donc
En septembre,
Me couchant où que ce soit,
Disant : — Le ciel est le toit
De ma chambre. —
Vous conterai-je en combien
De cités le bohémien
Joua, savant musicien,
Dansa la gavotte,
Montra la marmotte qui saute !

Or me voilà maintenant
Aussi pauvre que devant,
Près du Louvre,
Toujours gai, que le portier
Me chasse d'un air altier,
Ou qu'il m'ouvre.
Au son de ma vielle en bois
Unie à ma fraîche voix,
Pleuvent les sous quelquefois,
Dansant la gavotte
Grâce à la marmotte qui saute.

Passant, si mon chant t'a plu,
Jette un petit sou, veux-tu,
Je t'en prie,
Pour que je puisse revoir
Le Mont-Blanc, le sapin noir,
La patrie.

Le maître et la bête ont faim,
Il suffit d'un peu de pain
A l'enfant chaque matin
Dansant la gavotte,
Montrant la marmotte qui saute.

UN ENRICHI

Sous Napoléon-trois il a
Pris pour épouse une drôlesse
Qui chanta souvent *trou-la-la*
Afin d'égayer quelque Altesse.
Les Altesses, n'en voulant plus,
Ont transmis ce jouet à l'homme,
Qu'ils ont fait mouchard, par dessus :
Deux honnêtes cadeaux, en somme.
C'était le bon gouvernement.
Puis, le reste de sa fortune,
Il l'a volé, Dieu sait comment.
Mais ne lui gardez pas rancune,
Telle est la mode du moment.

Dans son pays, dans les montagnes,
Les mères qui ne savent pas
Disent : « Loin des pauvres campagnes,
« Il a travaillé de ses bras. »
On vous trompe, ô crédules mères,
Gardez votre enfant, doux trésor !
Le travail, les labeurs austères,
Donnent du pain, et non de l'or.

LE CHATEAU DE CHARBONNIÈRES

(RÉDUIT A UN PAN DE MUR).

O débris! ô vieillard qui dors près de la nue
Je ne puis t'évoquer sans découvrir mon front.
Héros déchu! je veux que mon vers te salue;
L'oubli, ce fils du temps, te jette assez l'affront.

Pour moi, ton mur qui croule a l'air d'un sanctuaire :
Des princes de Savoie il sauva le berceau.
Ton mur abandonné de tous, même du lierre,
Je l'éterniserais, si j'avais un pinceau.

On ne dira pas non, dans ce pan de muraille
De la voix des preux forts quelque chose est resté ;
Quand le vent souffle, on sent comme un bruit de bataille
Que le fidèle écho dans la pierre a gardé.

En bien cherchant, ici, l'on trouverait peut-être
D'Humbert-aux-blanches-mains la pique ou le poignard,
Et peut-être que là, ce trou fut la fenêtre
D'où Béatrix suivait le comte montagnard.

Ainsi, je ne suis point de ceux qui s'agenouillent
Stupidement devant notre siècle orgueilleux ;
Je sais trop de quels pleurs nos yeux encor se mouillent,
Si l'existence alors n'était pas pour le mieux.

Sous vos arceaux rompus, des fantômes sans nombre
Doivent errer la nuit, ô sévères manoirs !
J'aimerais pénétrer dans vos cryptes, dans l'ombre,
A travers les tombeaux des longs souterrains noirs.

J'aimerais reposer sur les marbres antiques,
Brisés par le marteau des ans, ces durs vainqueurs.
Où prendre des témoins plus que vous authentiques
Et de notre néant de plus vrais narrateurs ?

J'aimerais déchiffrer vos vagues écritures :
Sentences de latin sur feuilles de granit.
J'aimerais contempler vos fragments de sculptures,
Qui montrent bien comment chaque grandeur finit.

Quand la fête des morts revient avec novembre,
On voit les châtelains géants se réunir,
Muets, vêtus de fer, prêts encore à pourfendre....
Et là-bas on entend leurs palefrois hennir....

Quand la bise d'hiver gémit parmi les chênes,
Quand des murs ébranlés s'éloigne le vautour,
Il semble qu'on remue et des clefs et des chaînes
Dans l'obscur escalier qui montait à la tour....

Que les lieux sont changés ! L'Arc fuit, l'Isère coule,
Seuls, au fond des vallons, ainsi qu'au temps ancien.
Plus de fiers chevaliers, d'hommes d'armes, de foule ;
Des splendides tournois il ne subsiste rien.

                    O ruine, à toi mon hommage !
                    Qui donc oserait t'outrager,
                    O rude ermite du rocher ?
              D'un astre éteint tu resteras l'image,
              A ton renom Dieu défend de toucher.
                    L'aigle à tes pieds bâtit son aire,
                    Heureux qui peut s'en approcher !
                    O mur sillonné du tonnerre,
                    Qui donc oserait t'outrager ?

Depuis que, par la porte à l'aquilon ouverte,
Les siècles sont entrés comme autant de voleurs,
                    Depuis que ta cour est déserte,
                    Que de rois ont perdu les leurs !

                    Que l'homme aux légères pensées
                    Chemine distrait devant toi,
                    Sans qu'il éprouve aucun émoi ;
              Dût-on taxer mes strophes d'insensées,

Dût l'esprit-fort sourire de ma foi,
Je veux que mon vers te salue
Par ses faibles mais francs accents,
Je veux que tu sois la statue
Et qu'il soit, lui, le grain d'encens.

Pareil à la fumée, aussitôt dans l'espace
Mon vers s'effacera, fragile enfant des airs.
Qu'importe ? puisqu'enfin tout passe :
Les châteaux, les roses, les vers !

LE PETIT SAVOYARD MOURANT

N'ont-ils pas dit : « Cet enfant va périr.... »
Mourir si tôt, quand d'autres ont la joie,
Mourir si loin, c'est doublement mourir,
O ma Savoie !
Bien bas la Sœur a répété l'arrêt.
Dans cet hospice, et sans que je revoie
Ma pauvre mère, aujourd'hui je mourrai,
O ma Savoie !
Riche de peu, moi qui chantais pour tous,
Souvent nu-pieds au milieu de la voie....
Que tes rochers pour mourir seraient doux,
O ma Savoie !
Ne jette plus, non, conserve longtemps
Les humbles fils que le Seigneur t'envoie !
Ah ! garde-les sous le chaume contents,
O ma Savoie !

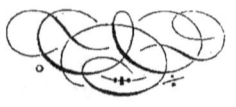

TABLE

www.ingramcontent.com/pod-product-compliance
Lightning Source LLC
Chambersburg PA
CBHW061706180626
46818CB00003B/1275